INSTITUT DE FRANCE

PUBLICATIONS DIVERSES

DE L'ANNÉE 1919

NOTICES BIOGRAPHIQUES. — FUNÉRAILLES
SÉANCES PUBLIQUES ANNUELLES. — RÉCEPTIONS A L'ACADÉMIE FRANÇAISE
CÉRÉMONIES DIVERSES. — RAPPORTS, ETC.

PARIS
TYPOGRAPHIE DE FIRMIN-DIDOT ET Cie
IMPRIMEURS DE L'INSTITUT DE FRANCE, RUE JACOB, 56

M C M XX

INSTITUT DE FRANCE

PUBLICATIONS DIVERSES

DE L'ANNÉE 1919

NOTICES BIOGRAPHIQUES. — FUNÉRAILLES

SÉANCES PUBLIQUES ANNUELLES. — RÉCEPTIONS A L'ACADÉMIE FRANÇAISE

CÉRÉMONIES DIVERSES. — RAPPORTS, ETC.

PARIS

TYPOGRAPHIE DE FIRMIN-DIDOT ET Cie

IMPRIMEURS DE L'INSTITUT DE FRANCE, RUE JACOB, 56

M CM XIX

TABLE

Académie :	
	S. A. I. le Grand-duc Nicolas Michaïlowitch, lu dans la séance du 8 mars 1919.
des Inscriptions . . .	7. Notice sur la vie et les travaux de M. Charles Joret, par M. le comte Alexandre de Laborde (7 mars 1919).
Française	8. Discours prononcés pour la réception de M. René Boylesve (20 mars 1919). — [Discours de M. René Boylesve, élu en remplacement de M. Alfred Mézières. — Discours de M. Henri de Régnier.]
des Sciences Morales .	9. Funérailles de M. Paul Beauregard (26 mars 1919). — [Discours de MM. Morizot-Thibault, d'Eichthal. — Discours de Morizot-Thibault, lu dans la séance du 9 mars.]
Française	10. Discours de M. Louis Barthou, prononcé dans l'Assemblée tenue à la Sorbonne en l'honneur des écrivains tombés pour la patrie (9 avril 1919).
— . . .	11. Discours prononcés [pour la réception de M. Alfred Baudrillart (10 avril 1919). — [Discours de M. Alfred Baudrillart, élu en remplacement de M. le comte Albert de Mun. — Discours de M. Marcel Prévost.]
— . . .	12. Discours prononcés pour la réception de M. le vicomte François de Curel (8 mai 1919). — [Discours de M. le vicomte F. de Curel, élu en remplacement de M. Paul Hervieu. — Discours de M. Émile Boutroux.]
des Sciences Morales .	13. Discours de M. Morizot-Thibault, président de l'Académie, à l'occasion de la mort de M. Xavier Charmes, lu dans la séance du 10 mai 1919.
des Beaux-Arts. . . .	14. Funérailles de M. Georges Lafenestre (22 mai 1919). — [Discours de MM. Henry Lemonnier et Maurice Croiset.]

Académie :

FRANÇAISE . . . . . . 15. Centenaire de l'Académie de Metz (12 juin 1919). [Discours de M. Eugène Brieux.]

DES INSCRIPTIONS. . . . 16. Funérailles de M. Héron de Villefosse (18 juin 1919). — [Discours de MM. Paul Girard et Louis Havet].

DES SCIENCES MORALES . 17. Discours de M. de La Gorce, vice-président de l'Académie, à l'occasion de la mort de M. le baron de Courcel, lu dans la séance du 21 juin 1919.

LES CINQ ACADÉMIES . . 18. Séance publique annuelle des cinq Académies (25 octobre 1919). — [Discours de M. Léon Guignard, président. — Maître Aliboron, par M. Antoine Thomas. — L'Art de la Tapisserie, par M. Maurice Fenaille. — Une Tempête dans la seconde classe de l'Institut en 1798, par M. Morizot-Thibault. — Où allons-nous? par M. Émile Boutroux.]

DES SCIENCES MORALES . 19. Discours de M. Morizot-Thibault, président de l'Académie, à l'occasion de la mort de M. Henri Welschinger, lu dans la séance du 8 novembre 1919.

FRANÇAISE . . . . . . 20. Discours prononcés pour la réception de M. Jules Cambon (20 novembre 1919). — [Discours de M. Jules Cambon, élu en remplacement de M. Francis Charmes. — Discours de M. Alexandre Ribot.]

— . . . 21. Séance publique annuelle (27 novembre 1919). — [Rapport de M. Frédéric Masson, secrétaire perpétuel, sur les concours de l'année 1919. — Rapport sur les prix de vertu, par M. Brieux.]

DES INSCRIPTIONS . . . 22. Séance publique annuelle (28 novembre 1919). — [Discours de M. Paul Girard, président. — La librairie d'Anne de Polignac, comtesse de La Rochefoucauld, par M. le

Académie :

comte Alexandre de Laborde. — Notice sur la vie et les travaux de M. Paul Meyer, par M. René Cagnat, secrétaire perpétuel.]

des Sciences morales . 23. Notice sur la vie et les travaux de M. Félix Voisin, par M. Fernand Laudet (29 novembre 1919).

— . . . 24. Funérailles de M. Jacques Flach (7 décembre 1919.) — [Discours de MM. Morizot-Thibault, Maurice Croiset et Eugène d'Eichthal.]

— . . 24 *bis*. Séance publique annuelle (20 décembre 1919). — [Discours de M. Morizot-Thibault, président. — Notice historique sur la vie et les travaux de M. Louis Renault, par M. Ch. Lyon-Caen, secrétaire perpétuel.

des Sciences . . . . . 25. Séance publique annuelle (22 décembre 1919). — [Discours de M. Léon Guignard, président.]

— . . . 26. Notice historique sur la vie et l'œuvre de Lord Kelvin, par M. Émile Picard, secrétaire perpétuel (22 décembre 1919).

des Beaux-Arts . . . . 27. Séance publique annuelle (27 décembre 1919.) — [Discours de M. Charles Girault, président. — Notice sur la vie et les travaux de M. Georges Lafenestre, par M. Ch. M. Widor, secrétaire perpétuel.]

TABLE ALPHABÉTIQUE DES NOMS D'AUTEURS

Paris. — Typ. de Firmin-Didot et Cie, 56, rue Jacob. — 55450.

TABLE

Académie :

S. A. I. le Grand-duc Nicolas Michaïlowitch, lu dans la séance du 8 mars 1919.

des Inscriptions . . . 7. Notice sur la vie et les travaux de M. Charles Joret, par M. le comte Alexandre de Laborde (7 mars 1919).

Française . . . . . . 8. Discours prononcés pour la réception de M. René Boylesve (20 mars 1919). — [Discours de M. René Boylesve, élu en remplacement de M. Alfred Mézières. — Discours de M. Henri de Régnier.]

des Sciences Morales . 9. Funérailles de M. Paul Beauregard (26 mars 1919). — [Discours de MM. Morizot-Thibault, d'Eichthal. — Discours de Morizot-Thibault, lu dans la séance du 9 mars.]

Française . . . . . . 10. Discours de M. Louis Barthou, prononcé dans l'Assemblée tenue à la Sorbonne en l'honneur des écrivains tombés pour la patrie (9 avril 1919).

— . . . 11. Discours prononcés pour la réception de M. Alfred Baudrillart (10 avril 1919). — [Discours de M. Alfred Baudrillart, élu en remplacement de M. le comte Albert de Mun. — Discours de M. Marcel Prévost.]

— . . . 12. Discours prononcés pour la réception de M. le vicomte François de Curel (8 mai 1919). — [Discours de M. le vicomte F. de Curel, élu en remplacement de M. Paul Hervieu. — Discours de M. Émile Boutroux.]

des Sciences Morales . 13. Discours de M. Morizot-Thibault, président de l'Académie, à l'occasion de la mort de M. Xavier Charmes, lu dans la séance du 10 mai 1919.

des Beaux-Arts. . . . 14. Funérailles de M. Georges Lafenestre (22 mai 1919). — [Discours de MM. Henry Lemonnier et Maurice Croiset.]

Académie :

Française . . . . . . 15. Centenaire de l'Académie de Metz (12 juin 1919). [Discours de M. Eugène Brieux.]

des Inscriptions. . . . 16. Funérailles de M. Héron de Villefosse (18 juin 1919). — [Discours de MM. Paul Girard et Louis Havet].

des Sciences morales . 17. Discours de M. de La Gorce, vice-président de l'Académie, à l'occasion de la mort de M. le baron de Courcel, lu dans la séance du 21 juin 1919.

Les cinq Académies . . 18. Séance publique annuelle des cinq Académies (25 octobre 1919). — [Discours de M. Léon Guignard, président. — Maître Aliboron, par M. Antoine Thomas. — L'Art de la Tapisserie, par M. Maurice Fenaille. — Une Tempête dans la seconde classe de l'Institut en 1798, par M. Morizot-Thibault. — Où allons-nous? par M. Émile Boutroux.]

des Sciences morales . 19. Discours de M. Morizot-Thibault, président de l'Académie, à l'occasion de la mort de M. Henri Welschinger, lu dans la séance du 8 novembre 1919.

Française . . . . . . 20. Discours prononcés pour la réception de M. Jules Cambon (20 novembre 1919). — [Discours de M. Jules Cambon, élu en remplacement de M. Francis Charmes. — Discours de M. Alexandre Ribot.]

— . . . 21. Séance publique annuelle (27 novembre 1919). — [Rapport de M. Frédéric Masson, secrétaire perpétuel, sur les concours de l'année 1919. — Rapport sur les prix de vertu, par M. Brieux.]

des Inscriptions . . . 22. Séance publique annuelle (28 novembre 1919. — [Discours de M. Paul Girard, président. — La librairie d'Anne de Polignac, comtesse de La Rochefoucauld, par M. le

Académie :

comte Alexandre de Laborde. — Notice sur la vie et les travaux de M. Paul Meyer, par M. René Cagnat, secrétaire perpétuel.]

des Sciences morales . 23. Notice sur la vie et les travaux de M. Félix Voisin, par M. Fernand Laudet (29 novembre 1919).

— . . . 24. Funérailles de M. Jacques Flach (7 décembre 1919.) — [Discours de MM. Morizot-Thibault, Maurice Croiset et Eugène d'Eichthal.]

— . . 24 *bis*. Séance publique annuelle (20 décembre 1919). — [Discours de M. Morizot-Thibault, président. — Notice historique sur la vie et les travaux de M. Louis Renault, par M. Ch. Lyon-Caen, secrétaire perpétuel.

des Sciences . . . . . 25. Séance publique annuelle (22 décembre 1919). — [Discours de M. Léon Guignard, président.]

— . . . 26. Notice historique sur la vie et l'œuvre de Lord Kelvin, par M. Émile Picard, secrétaire perpétuel (22 décembre 1919).

des Beaux-Arts . . . . 27. Séance publique annuelle (27 décembre 1919.) — [Discours de M. Charles Girault, président. — Notice sur la vie et les travaux de M. Georges Lafenestre, par M. Ch. M. Widor, secrétaire perpétuel.]

TABLE ALPHABÉTIQUE DES NOMS D'AUTEURS

Paris. — Typ. de Firmin-Didot et Cie, 56, rue Jacob. — 55456

INSTITUT DE FRANCE

ACADÉMIE DES BEAUX-ARTS

NOTICE

SUR LA VIE ET LES ŒUVRES

DE

M. DE SAINT-MARCEAUX

PAR

M. GEORGES GARDET

MEMBRE DE L'ACADÉMIE

Lue dans la séance du samedi 11 janvier 1919

PARIS

TYPOGRAPHIE DE FIRMIN-DIDOT ET Cie

IMPRIMEURS DE L'INSTITUT DE FRANCE, RUE JACOB, 56

M DCCCC XIX

INSTITUT DE FRANCE

ACADÉMIE DES BEAUX-ARTS

NOTICE

SUR LA VIE ET LES ŒUVRES

DE

M. DE SAINT-MARCEAUX

PAR

M. GEORGES GARDET

MEMBRE DE L'ACADÉMIE

Lue dans la séance du samedi 11 janvier 1919.

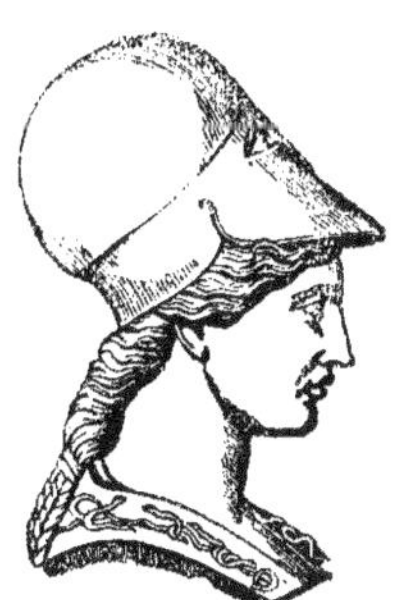

PARIS

TYPOGRAPHIE DE FIRMIN-DIDOT ET Cie

IMPRIMEURS DE L'INSTITUT DE FRANCE, RUE JACOB, 56

M D CCCC XIX

NOTICE

SUR LA VIE ET LES ŒUVRES

DE

M. DE SAINT-MARCEAUX

PAR

M. GEORGES GARDET

MEMBRE DE L'ACADÉMIE

Messieurs,

La guerre qui aura fait tant de victimes n'a pas épargné l'Académie des Beaux-Arts. Les tragiques événements n'ont-ils pas contribué à hâter la fin de votre confrère, René de Saint-Marceaux, ainsi que le disait, dans le discours prononcé à ses obsèques, notre éminent Secrétaire perpétuel? Lorsque cet artiste, sensible entre tous, vit les malheurs fondre sur sa grande et sur sa petite patrie, Reims, sa ville natale, sauvagement bombardée, la maison paternelle écroulée sous les obus, et incendiée la vieille Cathédrale dont la splendeur avait émerveillé son enfance et fait naître ses premières émotions d'art, son cœur se brisa dans sa poitrine : il mourait le 23 avril 1915.

Je voudrais rendre un modeste mais respectueux hommage au bel artiste, à l'homme distingué auquel vos suffrages m'ont fait le grand honneur de succéder, en essayant de retracer devant vous ce que fut sa vie, poursuite incessante d'un idéal élevé.

Charles-René de Paul de Saint-Marceaux était né à Reims, le 23 septembre 1845, au numéro 8 de la Place Royale. Son grand-père paternel fut maire de cette ville pendant de longues années; il appartenait depuis plus longtemps encore à la terre champenoise par son ascendance maternelle. Une santé délicate ne lui permettant pas de suivre assidûment les cours du Lycée lui valut une assez grande liberté, qu'il utilisait en douces rêveries ou en longues promenades à travers la vieille cité; son esprit curieux et de secrets instincts artistiques le ramenaient souvent à la Cathédrale dont il connaissait les moindres recoins. Une de ses joies d'enfant, aux grandes solennités religieuses, était d'accompagner les sonneurs gravissant les escaliers ajourés des tours, pour aller mettre en branle les cloches et les bourdons, dont l'un portait en relief l'écusson de sa famille.

Il aimait, plus tard, à évoquer ces souvenirs de sa première jeunesse. Dans un discours, à la fin d'un banquet que lui offraient, il y a quelques années, ses anciens condisciples du Lycée de Reims et dans lequel il avouait n'avoir été qu'un médiocre élève : « C'est aux courses vagabondes à travers notre ville, jadis si pittoresque, disait-il, que je dois mes premières vives impressions du monde extérieur. La beauté de nos églises, de nos vieilles maisons aux styles variés, de nos monuments et de nos fontaines, le charme de nos rues tortueuses, ornées, pour les cérémonies religieuses, de tapisseries évocatrices d'art mystérieux, ont passionné mon âme. »

Son père n'avait d'autre ambition, pour l'avenir de son fils, que de le voir lui succéder à la tête de la maison qu'il avait fondée pour le commerce des vins de Champagne. Afin de l'y préparer, il l'envoya, à quatorze ans, dans une institution commerciale de Francfort-sur-le-Mein. Le jeune René y resta deux ans, y apprit la langue, mais conserva de ce séjour la haine du nom allemand. On peut imaginer ce que sa nature indépendante eut à souffrir de la discipline brutale de ce pays.

Les études commerciales avaient peu d'attrait pour cette âme d'artiste, qui s'ignorait encore, mais qu'un sûr instinct poussait à chercher des sensations et des satisfactions intimes dans la fréquentation des œuvres d'art. Les seuls plaisirs qui venaient faire diversion à l'ennui de son exil étaient une visite au Musée de la ville ou une promenade dans le vieux quartier pittoresque du Rœmer. Ses camarades plaisantaient ses goûts en l'appelant « l'Artiste ».

De retour à Reims, il travailla le matin dans le bureau de son père, consacrant le restant du jour à parfaire son instruction avec des professeurs particuliers. L'un d'eux, chargé de lui donner les leçons de dessin qu'il réclamait avec instance, devait avoir sur son avenir une influence décisive. Le père Rêve, comme l'appelaient familièrement ses élèves, était peintre et sculpteur : nature enthousiaste, il comprit le tempérament ardent, l'âme délicate et vibrante du jeune Saint-Marceaux et s'attacha à lui.

Il lui apprit à aimer de plus en plus les beautés de sa ville natale; ensemble ils faisaient de fréquentes visites à la Cathédrale, profitant, pour l'étudier en détail, des échafaudages dressés autour de l'édifice en vue de perpétuels travaux de réparations. L'admiration du jeune homme pour les merveilleuses sculptures s'accroissait à mesure qu'il les comprenait mieux ; le désir de les imiter se précisait peu à peu. Ce fut là, certainement, qu'il prit le goût de cette matière bien française, la pierre, qu'il sembla plus tard préférer à toute autre.

Le vieux professeur initia l'élève aux éléments du modelage : « Un jour, raconte Saint-Marceaux, il m'envoya quelques pains de terre glaise. Je plaçai dans ma chambre la terrine qui les contenait. La nuit suivante je rêvai que je serais sculpteur. L'impression profonde produite par ce songe sur mon esprit décida de ma vocation. Dès le matin j'annonçai à ma famille mon beau projet qui fit beaucoup rire. »

Un autre se fut peut-être découragé devant un tel accueil, Saint-Marceaux ne se rebuta pas; il improvisa, dans une pièce démeublée de la maison paternelle, un atelier, où toutes ses heures de liberté furent désormais employées avec ardeur. Donnant libre cours à son imagination, il poursuivait son rêve, l'inspiration, sœur du rêve, se traduisant chez lui en tentatives souvent heureuses et fort originales.

Sa famille toutefois ne vit là qu'un passe-temps et ne prit nullement cette passion au sérieux, enchantée néanmoins que l'humeur jusqu'alors capricieuse du jeune homme parût enfin se fixer. Ses rares dispositions furent révélées aux siens par l'architecte Baltard, membre de l'Académie des Beaux-Arts, qui, de passage à Reims, eut l'occasion de voir les essais du jeune Saint-Marceaux et conseilla de lui laisser suivre ses goûts artistiques. L'opinion d'un homme célèbre fit impression sur les parents ; mais cela dérangeait fort les projets d'avenir ; la famille ne riait plus, et ce n'est pas sans quelque hésitation qu'elle se résignait à laisser partir René pour Paris.

Il avait alors dix-huit ans en cette année 1863. Le statuaire Jouffroy l'admit parmi les élèves de son atelier où il travailla plusieurs années et fit de rapides progrès. Tous les ans, à l'époque des vacances, il retournait à Reims et on ne sait ce qui l'y attirait le plus du plaisir de revoir sa famille ou de celui de reprendre ses pieux pèlerinages à sa chère Cathédrale.

Après un début au Salon de 1868, où il exposa *la Jeunesse de Dante*, œuvre se recommandant déjà par une exécution soignée et ce cachet de distinction qui sera une des caractéristiques de son talent, Saint-Marceaux, désireux de compléter son éducation artistique par l'étude des grandes œuvres du passé, partit pour l'Italie. Les impressions qu'il rapporta de ce trop court voyage de quelques mois lui laissèrent le vif désir d'y faire un plus long séjour.

Il s'était remis au travail à Paris, quand vint l'interrompre une grave maladie dont il se rétablissait à Reims, dans sa famille, lorsque la guerre de 1870 l'y surprit : il dut y rester pendant toute l'occupation prussienne.

Les procédés allemands étaient alors les mêmes qu'aujourd'hui. Pour inspirer la terreur, et sous un de ces futiles prétextes dont ils essaient en vain de justifier leur férocité, les barbares vainqueurs fusillèrent, en plein armistice, un pauvre petit curé des environs de Reims, l'abbé Miroy. La population, indignée de ce crime odieux, ouvrit spontanément une souscription pour élever à la sympathique victime un monument dans le cimetière de Reims : l'exécution en fut confiée à Saint-Marceaux.

Le jeune statuaire sut rendre, dans cette figure gisante, toute l'émotion qu'il avait ressentie. Sans emphase théâtrale, par les moyens les plus simples, il fit une œuvre expressive qui était en même temps un geste courageux, un véritable acte d'accusation contre les fusilleurs. Le tombeau de l'abbé Miroy fut le premier succès de Saint-Marceaux : il lui valut, au Salon de 1872, le premier rouvert après la guerre, une deuxième médaille dans des conditions bien particulières.

A cette époque de triste mémoire, dont les heures actuelles nous vengent magnifiquement, les négociations pour la libération du territoire n'étaient pas terminées; l'ennemi occupait encore une partie de nos provinces de l'Est. M. Thiers, craignant que certaines œuvres présentées au Salon ne fussent de nature à éveiller les susceptibilités allemandes, imposa leur retrait de l'exposition publique tout en réservant à leurs auteurs, ainsi mis à l'écart par mesure diplomatique, leur droit aux récompenses. Le tombeau de l'abbé Miroy obtint une médaille, mais ne fut pas présenté au grand public. L'œuvre eut néanmoins un tel retentissement que la croix de la Légion d'honneur fut demandée pour Saint-Marceaux; il se refusa à l'accepter. L'État, d'autant plus désireux de l'encourager, fit alors l'acquisition de *la Jeunesse de Dante* pour le Musée du Luxembourg, à la grande satisfaction de l'auteur qui préférait voir rendre hommage à son œuvre qu'à lui-même.

Le rayon de gloire qui illuminait les débuts de Saint-Marceaux lui attirait des succès mondains qu'il ne recherchait point et redoutait plutôt. Pour retrouver le calme et travailler plus à son aise il partit pour l'Italie, où le rappelaient les souvenirs de son premier voyage, s'installa à Florence et y resta deux ans. C'est là, sous l'influence des Maîtres de la Renaissance italienne, qu'il conçut et commença le *Génie gardant le secret de la tombe*, œuvre qui devait affirmer sa réputation naissante.

Brusquement obligé de rentrer en France, il dut abandonner son projet, bien avancé cependant, mais intransportable. A peine réinstallé à Paris il recommença son *Génie* qu'il exposa, dans le marbre définitif, au Salon de 1879. Son succès fut complet : le Jury de sculpture lui décernait une première médaille et, quelques jours après, les sections réunies lui votaient la médaille d'honneur; l'État en faisait d'office l'acquisition pour le Musée du Luxembourg.

En même temps que le *Génie gardant le secret de la tombe*, Saint-Marceaux avait entrepris une statue d'un genre bien différent et qui devait aussi compter parmi ses productions maîtresses l'*Arlequin*. Après l'œuvre de noble majesté un poème de spirituelle malice.

Il eut désiré exposer cette figure en bronze fondu à cire perdue, procédé peu courant en France à cette époque et que les efforts de maîtres éminents comme Dalou, Paul Dubois, Barrias, commençaient à remettre en honneur, mais, la fonte ayant été manquée, il ne put envoyer au Salon de 1880 que le modèle en plâtre. Le résultat n'en fut pas moins considérable. Cette œuvre élégante, accueillie avec faveur par les artistes, eut une vogue prodigieuse auprès du public. Venant s'ajouter à celui du *Génie*, ce succès valut cette fois à l'auteur la la croix de la Légion d'honneur.

L'*Arlequin* reparut en marbre deux ans plus tard; l'engouement ne fit que s'accentuer : on en commanda des répliques en grandeur originale; l'édition le répandit partout. On pourrait répéter à son sujet ce que Saint-Marceaux écrivait sur le *Chanteur Florentin* dans la notice qu'il consacra à P. Dubois, son prédécesseur à l'Académie : « Ses innombrables réductions, ses imitations, ses contrefaçons attendant l'acheteur sur les parapets des ponts et des quais, attestent son colossal succès. » C'est bien là, en effet, à Paris, la consécration populaire pour une œuvre d'art.

Il semble qu'après s'être imposé aussi brillamment et coup sur coup aux artistes et au grand public, Saint-Marceaux, sûr de sa maîtrise, n'ait plus qu'à suivre un sillon si magistralement commencé, mais il ne s'en satisfait pas; son esprit indépendant le pousse à dégager sa personnalité de l'influence de la Renaissance italienne qu'il a incontestablement subie. Certes, il ne regrette pas ses voyages d'Italie, où lui furent révélées des beautés que nul n'admire plus sincèrement, mais il craint que cette admiration même ne l'étouffe, il redoute pour lui l'emprise des puissants génies italiens qu'il croit sentir peser sur notre génie national.

Ce besoin de s'affranchir le hante; il s'en est expliqué plus tard dans un article critique sur le Salon de 1897 : « Depuis quatre siècles, sans qu'elle s'en aperçoive, la sculpture française est privée de l'âme exquise et sublime dont le charme divinisa les pierres de nos anciennes églises, de cette âme qui prit la fuite devant l'Art matérialiste venu de l'étranger... La majorité de nos sculpteurs continuent, tout en croyant pratiquer un art bien français, l'art franco-italien hérité de la Renaissance. »

Plus loin il insiste : « Il est nécessaire avant tout que la sculpture française rompe avec la tradition italienne qui l'immobilise depuis des siècles. »

En ce qui le concerne il fait un effort pour s'en dégager, et, dans les œuvres qui suivront, on peut voir de nouvelles tendances et comme une seconde manière simplicité dans le mouvement, recherche de la vérité dans l'expression et dans la forme. Le *Bailly* de la salle du Jeu de Paume à Versailles, *la Vigne*, cette souple figure de bronze érigée dans la cour de l'Hôtel de Ville de Reims, *l'Aurore,* marbre de la plus pure délicatesse, la statue du *Devoir* du monument Tirard, au Père-Lachaise, témoignent de ce souci de la simplicité qui, dans ce dernier morceau surtout, atteint à la véritable grandeur.

Toujours occupé de son art, l'imagination sans cesse en travail à la recherche du mieux, Saint-Marceaux vivait dans une fébrile agitation intellectuelle. Loin de se complaire dans l'œuvre achevée et de se reposer sur un succès, il ne pensait qu'aux œuvres futures, impatient de les formuler et s'irritant parfois de la résistance de la matière trop lente à suivre son inspiration.

Saint-Marceaux eut la noble ambition de traduire des idées et il s'est attaqué quelquefois aux symboles les plus abstraits, qui l'amenaient à rechercher de nouvelles formules d'expression. C'est sans doute la raison pour laquelle les figures volantes reviennent fréquemment dans son œuvre, elles sont comme l'image de sa pensée planant constamment dans les hautes sphères. Ces formes dégagées de la matière lui paraissaient ou plus aptes à représenter l'Idée ou plus près de l'atteindre. On les retrouve sur le tombeau de M. David, au cimetière de Reims, au Petit-Palais des Champs-Élysées, au monument de l'Union postale à Berne. Le groupe *Nos destinées*, pour lequel le maître avait une secrète prédilection, en est encore un exemple; la conception audacieuse de ces figures aériennes, qui semblent entraînées dans un tourbillon par une force que rien ne saurait enrayer, donne bien une vision de la puissance inéluctable du destin.

René de Saint-Marceaux a exécuté de nombreux monuments; les figures tombales d'Alexandre Dumas au cimetière Montmartre et du Président Félix Faure au Père-Lachaise sont impressionnantes de grandeur sévère. La statue d'Alexandre Dumas, dont le piédestal s'enguirlande ingénieusement des héroïnes créées par l'imagination de l'écrivain, celle d'Alphonse Daudet, d'où se dégage une si douce mélancolie en ce milieu charmant des Champs-Élysées, le Berthelot du Collège de France,

Emile Pouvillon à Montauban, Jacques de Crussol, duc d'Uzès, non encore inauguré, enfin le monument de l'Union Postale Universelle donnent une idée de son labeur si varié et si fécond. C'est à la suite d'un concours international qu'il obtint la commande de cette dernière œuvre, érigée à Berne en 1909. Ce concours, auquel prirent part de nombreux artistes étrangers, fut une victoire pour la sculpture française. La composition est une des plus originales que l'imagination inventive de l'auteur ait conçues : il y fit participer la nature, pour une large mesure, à l'ensemble décoratif. Dans un vaste milieu d'arbres et de verdure la ville de Berne amplement drapée, assise parmi un chaos de rochers de l'effet le plus pittoresque, contemple la Sphère terrestre, autour de laquelle des figures volantes aux gestes rapides, représentant les cinq parties du monde, se tendent des messages de main en main : le symbole de la pensée se transmettant autour du globe est ainsi poétiquement rendu dans un programme qui semblait peu prêter à la statuaire. Une cascade s'échappe des rochers et se répand en une pièce d'eau qui reflète le monument.

Deux sculptures que Saint-Marceaux exécuta pour l'église de Bougival, un « Calvaire » et une « Vierge », méritent d'être citées à part. Il semble qu'il retrouva ses impressions d'enfance et l'âme naïve et simple des imagiers d'autrefois. Le souvenir des pathétiques personnages de pierre si souvent admirés dans la cathédrale de Reims l'a visiblement inspiré.

Un des côtés de son souple talent qu'on ne saurait non plus passer sous silence est celui du portraitiste. Ses bustes les plus connus sont ceux de Meissonier, Renan, Jules Lemaître, de ses confrères Detaille et Dagnan, de d'Annunzio, Forain ; de Mmes de Saint-Marceaux, Beaunier; Arthur Meyer, de Mlle Baretta ; il fit aussi de charmantes statuettes : Mme de Bonnières, Mme J. Baugnies, etc.

Sa production est incessante : il se repose d'un monument colossal en exécutant une de ces élégantes figurines comme *la Prière* ou *l'Invocation*, en caressant de délicats bas-reliefs comme *les Quatre Saisons*, où la simplicité des moyens surprend autant que l'intensité de l'effet.

La dernière œuvre à laquelle l'artiste travaillait encore peu de jours avant sa mort est un bas-relief, sorte de grande médaille destinée à commémorer le vote de la loi militaire pour le service de trois ans. Elle représente un jeune guerrier se baissant dans un geste énergique et symbolique pour ramasser l'épée ancestrale tombée à terre. La composition s'enlève sur un fond de lauriers, — ces lauriers que devaient cueillir à pleins bras nos héroïques soldats.

Ainsi Saint-Marceaux, qui débuta par le tombeau de l'abbé Miroy, empreint du plus pur patriotisme, consacra ses dernières forces à exalter le même sentiment. Sa carrière artistique s'encadre entre ces deux dates terribles : 1870-1914. Sous le choc des événements ont jailli de son cerveau ces deux œuvres, exceptionnelles dans sa production, son tempérament le portant bien plutôt vers la beauté et la grâce que vers la force et la brutalité.

Près d'un demi-siècle de tranquillité relative lui permit de cultiver son idéal et de réaliser ses aspirations. Entre Saint-Marceaux et son œuvre l'harmonie est complète :

même distinction et même charme. Érudit, causeur spirituel et d'une parfaite courtoisie, renseigné sur tous les sujets, collectionneur du goût le plus sûr, Saint-Marceaux fit honneur à la corporation des Artistes. Il était d'un physique particulièrement séduisant et distingué : vous vous rappelez tous sa fine et élégante silhouette, et cette grande aisance de manières qu'il devait à son éducation. Il eut rempli avec succès les plus hautes fonctions; à une autre époque on eut fait de lui un ambassadeur comme le fut Rubens.

Ceux qui ont approché de son intimité se souviennent de la cordialité de ses réceptions. Tous les vendredis soir il tenait maison ouverte en son « home » du boulevard Malesherbes, et ses amis y venaient avec empressement. Sans faste, sans tapageuse prétention, il recevait l'élite de la societé artistique et parisienne avec une simplicité de haut goût, dans un milieu où le luxe semblait un élément naturel, aidé dans ces devoirs mondains par la compagne charmante et dévouée de qui l'intelligence affinée excellait à entretenir ce foyer d'art et d'amitié. Ces soirées hebdomadaires, où l'on était invité une fois pour toutes, conservaient un caractère d'agréable intimité, quel que fût le nombre des présents; liberté entière était laissée à chacun : de petits groupes se formaient pour la conversation, tandis qu'en un salon voisin les fanatiques de la musique trouvaient à satisfaire leur passion dans l'audition d'œuvres et d'artistes de premier ordre.

Le milieu dans lequel il vécut, les chaudes affections qui l'entourèrent pouvaient contenter l'esprit délicat, le cœur tendre de Saint-Marceaux. Les honneurs lui étaient venus tout naturellement; vous rendiez hommage à l'artiste et à l'homme en l'appelant parmi vous en 1905.

Cette existence toute ensoleillée d'art était bien celle qu'il avait rêvée; aussi avouait-il lui-même aimer beaucoup la vie. En réponse à une consultation ouverte par un grand journal, auprès d'un certain nombre de célébrités, sur « l'Idéal à vingt ans », il écrivait il y a quelques années : « Le souvenir seul de mes enthousiasmes, de mes désirs sans bornes, de ma joie folle de vivre me trouble d'une jeune émotion et mouille mes paupières.

« Avant tout je vivais pour l'Art. Je sentais mon âme mêlée à celle des sculpteurs anonymes qui couvrirent de chefs-d'œuvre ma cathédrale (celle de Reims, ma ville natale). J'aurais voulu faire partie de la foule lumineuse des élus dont les œuvres donnent aux humains l'oubli de leur irrémédiable misère.

« J'adorais mon Art pour les jouissances infinies qu'il procure.

« J'aime toujours la vie qui me tint ses promesses, et j'aimerai le travail jusqu'au seuil de la grande nuit.

« Il est la source de l'éternelle jeunesse et renouvelle presque chaque jour, chez l'artiste, le mystère créateur des printemps. »

La vie lui avait souri dès le berceau; il n'eut pas à connaître les difficiles années de début dont tant d'artistes ont souffert, cette période d'âpres luttes et trop souvent de misère qui étouffe certainement plus de talents qu'elle n'en stimule.

Les seules grandes douleurs de sa vie, indépendamment des deuils de famille qui sont dans l'ordre naturel des choses, furent causées par les deux invasions allemandes : il devait mourir de la seconde et des blessures faites à tout ce qu'il aimait. Du moins, avant de s'éteindre, eut-il la consolation d'entrevoir le reflux des hordes barbares, gage certain de la victoire finale. Il lui fut épargné d'assister au long martyre de sa chère cité, alors que l'ennemi en semblait poursuivre la destruction totale par des bombardements répétés et sauvages.

Qu'il eut été fier de sa ville, cependant, en la sachant malgré tout inviolée! fier aussi du rôle symbolique de Reims lors de la dernière grande offensive allemande du 15 juillet où elle personnifia la résistance. Au centre de la bataille qui se développait sur un front gigantesque, l'impressionnant squelette de la Cathédrale, dressé au premier rang devant la ruée ennemie, semblant la défier, présida à la magnifique défense de nos troupes, ses tours déchiquetées se découpant sur le ciel embrasé et tendues vers lui, tels des bras suppliants, comme pour l'implorer.

De quel enthousiasme eut vibré Saint-Marceaux à l'annonce des radieuses nouvelles qui se succédèrent ensuite sans répit! la marche en avant de nos armées, la Champagne libérée, l'ennemi repoussé partout à la frontière, la capitulation de l'Allemagne, la Victoire enfin, définitive, complète, telle que nul n'eut osé la rêver plus belle!

Saint-Marceaux n'aura pas connu ce splendide triomphe, mais sa foi patriotique dans les hautes destinées du pays et sa certitude que la France ne pouvait mourir, le lui ont fait espérer.

Parmi les ruines que l'ennemi aura amoncelées derrière lui, il est à craindre que plusieurs œuvres de René de

Saint-Marceaux, édifiées à Reims, ne soient détruites irrémédiablement; pour l'Art c'est une perte qui s'ajoute, hélas! à tant d'autres, dont la guerre aura appauvri le patrimoine national, mais qui ne saurait obscurcir la gloire de ce brillant artiste si fécond et si français.

Paris. — Typ. de Firmin-Didot et Cie, impr. de l'Institut, 56, rue Jacob. — 54571.

www.ingramcontent.com/pod-product-compliance
Lightning Source LLC
LaVergne TN
LVHW021643170726
843501LV00007B/2397
* 9 7 8 2 3 2 9 6 5 7 3 9 4 *